DER REBELL

MANFRED GEORG

copyright © 2023 Culturea éditions
Herausgeber: Culturea (34, Hérault)
Druck: BOD - In de Tarpen 42, Norderstedt (Deutschland)
Website: http://culturea.fr
Kontakt: infos@culturea.fr
ISBN:9791041939169
Veröffentlichungsdatum: FEBRUAR 2023
Layout und Design: https://reedsy.com/
Dieses Buch wurde mit der Schriftart Bauer Bodoni gesetzt.
Alle Rechte für alle Länder vorbehalten.
ER WIRT MIR GEBEN

Als Robert Boor aus Lazarett und Waffendienst endlich entlassen sich wieder in den Fluß seiner Studienjahre schmiegen wollte, merkte er, daß er, wie auch viele andere, mit vergangener Zeit keinen Zusammenhang fand. Seine Erinnerungen schienen ihm verstaubt. Die Liebschaften junger Scholarensemester in Frankreich und in der Schweiz, einst die Quelle von friedlich lebenden Kameraden bewundernd gehörter Abenteuer, kamen ihm wie in süßlichrosa gebundene Dumasprosa vor. Die Debatten in Weinstuben und Klublokalen hallten ein leeres Echo. Halb von Begeisterungszunder verkohlte Taten ragten als verkrüppelte Wegweiser auf durchschrittenem Pfad. So hatte er nichts, was ihm wert genug schien, daß er es fortsetzte. Kurz entschlossen verkaufte er seine schöne Bibliothek, zu der er oft des Nachts in der Qual seiner Gedanken geflohen war, und trat in ein Bankgeschäft ein.

* *

Ruhig saß es sich hinter den großen, blanken Scheiben. Untergeordnete Arbeit verlangte nur Sorgfalt und Geduld. Es war ihm Ärgstes, wenn, hatte er schon einen Listenbogen vollendet, am Schlusse das Lineal abrutschte und der unregelmäßige Strich die Seite verdarb. Herr Stollweg hörte mißbilligend Roberts Seufzer. Sagte aber nichts, sondern bog sogar manchmal begütigend den Kopf zur Seite, als suche er dort etwas.

* *

Des Morgens lagen die Mappen, in denen er An- und Verkäufe von Wertpapieren zu registrieren hatte, auf seinem Platz. Wenn er abends gegangen war, holte sie ein Bote und brachte sie in die Buchhalterei. Alles ging in der weiten Halle, die von einer breiten Straßenfront helles Licht erhielt, gemessen und abgetönt zu. Die Kunden kamen und sprachen leise, mit vornehmen Gesten; selbst die erst kürzlich in diese Gesellschaftsklassen Arrivierten dämpften Stimme und eckige Gebärde, wenn sich die Prokuristen mit leisem Klingeln echt goldenen Armbands verbindlich zu ihnen neigten. Der Schallfänger an der Tür verschluckte in seinem Filz andrängendes Geräusch des Fahrdammes. Einmal, erinnerte sich Robert, war ein Postbote auf der Schwelle stehen geblieben. Da war das Weinen eines Kindes, dünn und spitz, hereingeflattert, hatte sich in die vernickelten Deckenbirnen gehängt und war dann in trostlosem Trillern über die erstaunten Beamten gestürzt. Alle hatten gelauscht. Sogar die Schreibmaschinendamen hatten hilflos schon zum Druck gebogene Finger entspannt. Dann war's vorbei. Und schwer strömte die Stille weiter über Blätterraascheln und unterdrückten Husten.

* *

Robert mußte manchmal lachen, wenn er daran dachte, er habe einst Vasaristudien getrieben oder als Schüler berühmter Gelehrter heißen Kopfes über platonischen Dialogen gesessen. „Canadian Pacific 120 Prozent." Wie wundervoll nichtssagend war ihm dieses Papieres Name. Höchstens daß er dabei an Lederstrumpf und Büffel dachte. Seine Erinnerung verwirrte sich wieder und er riß sich zusammen. Geriet er in die falsche Zeile, war die Mühe einer Stunde vergebens.

* *

Gleichgültig aß er um zwölf Uhr sein Frühstück. Ohne Sehnsucht dachte er dann an Vergangenes. Wie schien ihm alles in flacher Linie zu liegen, winzig, nicht des Gedenkens würdig zu sein. Seine literarischen Versuche, sein erstes, nicht erfolgloses Auftreten in der Öffentlichkeit, sein heißes Werben um Sinn und Erfassung der unsterblichen Meisterwerke, — Robert grinste häßlich über die geläufige Folge dieser Phrasen, die in seinem Kopfe automatisch abrollte. Nur ganz fern, weit in der Traumzeit seiner Gymnasiastenjahre leuchtete der Freundin Cornelia ernstglatte Kinderstirn leicht und weiß auf.

* *

„South India Railway". Herrlich schrieb sich das Wort. Er verstand gar nichts davon. Unbestimmt wogte Ahnung in ihm von braunen, schwitzenden Arbeitern, die in Sonne getaucht für die Besitzer der Aktien frohnten. Dann ballte sich Roberts Faust. Aber scheu und ängstlich löste er sie sofort wieder, so daß das Blut aus der rissigen Daumennarbe gleichmäßig in die Handfläche strömte. Nicht zornig werden. Nicht die Fäuste krampfen. Sonst kommt es wieder; kommt das entsetzliche Wirrsal wieder. Die Buchstaben „Depositenkasse" spazierten im Halbkreis rund und goldig auf der matten Glasscheibe. Hinten in einer Ecke diktierte der Filialvorsteher heiser und mürrisch einen Mahnbrief. Die Worte fielen ihm trocken, versengt aus dem Mund.

* *

Nachtsturm zerwühlte die Bäume auf dem Kirchhof von Messines. Von der Höhe entlud er sich schwarz und abfallend auf die Landstraße. Robert hielt mitten in seiner Schwadron hinter einem Wäldchen. Der Rittmeister klopfte nervös auf das Sattelleder und sah immerfort hastig nach der Uhr am Gelenk. Die Infanterie, zu spät aus ihrem Standort in Werwick abmarschiert, kam nicht. „Absteigen!" flüsterte Befehl von Kolonne zu Kolonne. Die Dragoner glitten zur Erde. Aus unnatürlich geweiteten Augen schrie es wie Bitten zu den Leutnants. Robert tastete nach seinem Spielkameraden Peter, der neben ihm hockte und Unverständliches murmelte. Die Karabiner, geprüft, knackten wie scharf zertretenes Holz. Langsam verlor sich das Schnauben der zurückgeführten Pferde. Die Menschen, letztes Leben in der Brust, blind gebetet in verquollenen, verschluckten Seufzern, hüllten sich in die dunkle Stille. Da schnitt ein Signal sie entzwei, sie riß und zerkrachte in einem kollernden Gebrüll der Aufstürmenden. Sie schrieen vor Angst, Wut und Verzweiflung. Robert und Peter bebten Seite an Seite den Hang hinauf, willens, den niederzustechen, der nicht in gleicher Richtung rannte wie sie. Wie ein Rudel entfesselter Tiere sprangen rings von Grabenscheit und Brottasche umflogene Schatten mit ihnen. Da, als ihr Keuchen schon fast schaumig um die schartenzerlockerte Kirchhofsmauer brandete, setzten sich die dahinter zur Wehr. Peter tat einen seltsam hohen Sprung nach vorn und klumpte schief zusammengestoßen auf einen Haufen. Einen anfeuernden Feldwebel, dem Schweiß und Blut unter zerbeultem Kuppenhelm über das entstellte Gesicht troffen, mit dem Fuß zurückstoßend, beugte sich Robert über den Freund. Der schrie, wild, hoch und haltlos, grotesk die Hände auf den Unterleib krampfend. Dann riß er sich die Kleider auf. Gräßlich lag die von zackigem Geschoß gerissene Wunde bloß. Robert stand, die Hände steif, unfähig sich zu bewegen. Flau kroch ihm ein Ekel über Gaumen und Schlund. „Hilf mir!" brüllte Peter und sucht entrinnendes Gedärm in den Leib zurückzustopfen. Kasernenparaden, Abschiedsjubel heldisch aufgeblasener Backfische, die salbungsgeschminkte Miene des Oberlehrers Drews bei Erläuterung des dulce et decorum hetzten sich bunt in Roberts schwindelnden Sinnen. Er röchelte, als er des fetten Pensionswirtes schmatzenden „Endlich" gedachte, da die Depeschen der Kriegserklärung über den Kaffeetisch flogen. „Hilf mir!" Peters Heulen brach an den schmerzgepreßten Zähnen zusammen. Da mußte Robert grinsen vor Leid. In ihm schwoll Tränensturm tobend hoch. Ein schreckliches Lachen floß ihm breit heraus, als er die Reiterpistole vom Gurt riß und dem sich in Todeswehen bäumenden Freund mitten zwischen die entsetzten Augen schoß. Dann stürzte er um, mit dem verzerrten Gesicht tief in eine zertrampelte Kotlache schlagend.

* *

Mit hurtigen Schritten trappelten am Abend, wenn sieben scharfe Schläge die hohe, steife Standuhr in den Saal warf, aufgeregt die Bureaufräulein an Robert vorbei, Sehnsucht nach Schwatz mit dem bestellten Liebhaber oder einem friedlichen Abendbrot an runden, behaglichen Familientischen in den Blicken. Gemessen grüßend, immer noch stolz auf den für zwanzig Dienstjahre von der Bank gestifteten Jubiläumsüberzieher, schritt Herr Stollweg ihnen nach. Andere folgten, und ihre Sprache überstürzte sich im Gefühl soeben gewonnener Freiheit. Wenn der Hausdiener Limm durch Schlüsselrasseln seinen Unwillen über Roberts Hindämmern vor schon aufgeräumtem Tisch demonstrierte, erhob sich auch er. Bewußtsein vollendeten Tagewerks ließ ihn nicht schneller die abendliche Straße hinaufschlendern.

* *

Saß er dann auf dem kleinen Balkon seines möblierten Zimmers vor dünnen Stullen und verpanschtem Bier, hob er manchmal den Blick. Glaube, ein Wunder müsse geschehen, erfüllte ihn plötzlich heiß. Aber gleichmütig zogen die Rauchfahnen der städtischen Fabriken von Ost nach West über die Giebel. Im Hofschacht quoll blaurote Wäsche aus den Fenstern. Die Geranien, verblüht, lösten sich und ließen leise ihre Blätter in die Tiefe segeln. Die tanzten eine Weile, wie nach der Höhe und dem Lichte verlangend. Im dritten Stock schalt eine laute Stimme. Irgendwo schmiß jemand heftig mit Türen. Die Dunkelheit kroch langsam an den Hauswänden empor. Robert sah zu, wie sie ihm die breit auf den Tisch gespreizten Finger überflutete.

* *

Dann ging er hinein und warf sich aufs Sofa. Klopfte mechanisch mit dem Haken gegen die Seitenlehne. Summte bisweilen. Falsch und eintönig irgendeine Wortfolge. Allein, alleine, heute alleine, morgen alleine. Und Zorn schwelte langsam in einer Ecke der Stube und brannte ihn. Warum? Warum nicht mehr studieren, lesen?! Nur weil Peter tot war und noch immer Krieg im Land? Laß die Toten die Toten begraben. Kann ich dafür, daß er fiel? Kannst dafür, kannst dafür! Räche ihn. Warum nicht mehr lärmendes, wohltuendes Ereifern in Disputen, warum keine kosende Liebelei mit zierlicher Grisette?! Vorbei, vorbei, abgestandene Freuden, widerliche Schamlosigkeiten. Kriechen vielleicht zur selben Zeit wieder hundert Peter herum und versiegen in Blut und Schmerz. Ein einzelner bin ich. Kann nur schreien. Nein, nicht einmal schreien. Stände ich auf freiem Platz und täte so, stopfte mir schon gelb behandschuhte Schutzmannsfaust den Mund. Mitten zwischen die Augen. Und hatte doch mit mir Reifen gespielt und Flitschbogen geschnitzt. War hoch auf Boltenbecks Karussell einhergefahren. Was nutzte mir Wissen von Augustin und dem heiligen Franz?! Ach, schön ist es auf der Bank. Zahlen, Zahlen, nichts als Zahlen. Sind zu malen, sind zu malen. Himmelherrgott, bin ich denn verrückt? Verzweifelt sprang Robert auf. Rieb ein Streichholz an. Das Gaslicht surrte trübe auf. Er kramte unter den wenigen Büchern, die unbezähmte Lust ihn trotz aller Gleichgültigkeit zu kaufen getrieben. Aber der Worte Sinn zerfloß ihm. Gerede, Rethorik, Pathos, Tändelei. Wozu?! Die, zu denen mit Feuerzungen gesprochen wurde, tanzten vor Jubel bei Nachrichten von gut gesprengten Minenstollen und ersoffenen Matrosen. Wie sie gestöhnt hatten, Senegalesen und Westpreußen, Sachsen und Gascogner, in dem Lazarett, wo er im Nervenfieber vierzig lange Tage auf dem schweißdurchnäßten Laken vorm Tode gezittert und vorm Leben gebangt. Scheu hatte er sich in die Kissen gedrückt, wenn die Nebenmänner starben. Bis ihm der schrille Schrei Mutter in allen Sprachen geläufig und der einwickelnde Griff der Totengräber eine technische Fertigkeit geworden waren. Robert drehte hastig das Licht aus. Schlafen, Ruhen. Wohlig das Schmiegen der Kissen auskosten. Nicht denken. Alles ist doch gleichgültig. Kann ich's ändern? Morgen male ich wieder Zahlen. Elbinger Stahlwerke. Na, wenn schon. Nur schlafen. Hat Limm nicht eine neue Borte um die Mütze gehabt? Oh, wie müde, wie müde. Peter, armer Peter. Bochumer Hütten stiegen auf 300. Schlafen, ist ja egal —, ah — wie müde, — wie müde — —.

* *

Nun hatte er sich doch verleiten lassen. Fünfzig Groschen waren vom kargen Gehalt übriggeblieben. Schon saß er wieder in seinem geliebten Prinzentheater auf einem hinteren Parkettplatz. Es tat ihm leid. Das weiche Polster unter ihm brannte ihn. Die Leute schwatzten rings aufgeregt, begierig auf das Spiel, der Straße noch nicht ganz entfremdet. Wie fern ihre Erregung Robert schien. Er saß wie hinter einer Glaswand. Fest eingekerkert in seine Elendsaura, die nichts Fremdes zu ihm hindurchließ. Sein Blick strich schwerfällig in die Runde. Über erhitzte Gesichter Ankommender, in behaglicher Erwartung schon mit ihren Sitzen innig Verwachsener, über Frauenprofile, die nach Logen spähten, und volle Männergesichter, die quellend über weißem Kragenturm herunterglänzten. Wächsern sah das alles aus. Unheimlich, automatisch eingelernt. Und ich mußte meinen Freund erschießen? Für wen denn? Für die da? Einer jungen Ehefrau Kopf lugte verloren zwischen den Schatten einiger Fräcke. Die sinnlichen Lippen klafften unbeherrscht durch die Hitze des Saales, und sie feuchtete sie mit einem flinken Züngeln. Robert starrte sie an. Seltsam. War er allem so fremd geworden? Dieser Frauenmund dünkte ihm etwas unerhört Neues, nie Gesehenes. Weiches, verschwimmendes Rot-Dunkel brach in den Saal. Schwingend und lautlos barst der Vorhang auseinander. Isolt klagte.

*　*

In der Pause lehnte er im Gang an einem Pfeiler. Noch rauschte die Musik in ihm. Es schmerzte. Kaltem, finsterem Gebirg gleich schroffte sich Erinnerung in seiner Brust auf und stieß spitz bis in seine Kehle. Aber darüber flogen die Melodien wie ein Schwarm Vögel, der über heimatlichen Auen jubelt. Vor Robert drehte sich der Korridor mit seinen schreitenden Menschen wie ein Filmbild ab. Er stand und horchte beglückt auf das Konzert in seiner Brust. Plötzlich mußte er unwillkürlich die Augen schließen. Jemand hatte ihn angesehen. Aber als er danach forschte, drehte sich bereits wieder der Strom. Und in ihm sang es weiter. Schon fühlte er, wie in ihm der Wille irgend etwas zu tun, freundlich zu lächeln, verbindlich zu grüßen oder einmal zu pfeifen, wie ein helles Schiff mitten in das Geschwader seiner wolkigen Gedanken hineinsegelte. Da schritt wieder das Fremde vorbei. Er spürte es und tat seine Augen weit auf, voll sehnenden Willens, es nicht zu lassen. Da wich ihm unwillig über das hinterhältige Netz seiner Blicke ein überglühter Mädchenkopf aus und tauchte im Gewühl unter. Nur blaß blieb ein Eindruck. Scheu-feindselig das Forschen um die Brauen zur Strenge plötzlich gefaltet. Ruth, die Ährenleserin, auf dem Felde. Er neigte wie ein aus dem deckenden Haufen ziehender Genossen plötzlich in freies Kampffeld Vorgestoßener den Kopf und hob den Arm zum Schutz seiner Wehrlosigkeit. Dann tappte er dunkel zu seinem Platz.

*　*

Wieder nahm ihn Musik und schleuderte ihn, losgerissen, weiter ins offene Meer. Er regte sich tastend. Nicht starb er daran. Verging nicht vor Süße. Manchmal klangen ein paar Worte der Sänger dazwischen wie leise Hornstöße. Dann sank er wieder unter in Tönen, wurde hochgehoben und trieb in glücklicher Besinnungslosigkeit dahin. Mit einemmal ward es lichter. Ein Gedanke, fremd ihm längst geworden, phantastisch, glomm fern in ihm auf und wühlte sich rasend näher durch die Klangwogen: Das fremde Mädchen. Wer? Wer? O ginge sie nicht fort. Als er ihm hell und lodernd ins Hirn stieß, prasselte zu gleicher Zeit um ihn der Beifall der Zuschauer klatschend nach vorn gegen die erblindende Bühne.

*　*

Auf der Treppe wurde Robert hart an das Geländer gepreßt. Ein wenig kurzsichtig, tastete er unsicher die Stufen hinunter, die Hand auf dem Leitsteg. Da stolperte etwas hinter ihm, eines Frauenkörpers Nähe schüttete einen taumeligen Schuß Parfüm über Gesicht und Hals und eine Hand tappte schwer und eine Stütze suchend auf die seine. Zwei Ringe brannten ihm tief ins Fleisch. „Verzeihen Sie bitte." Über das Gedränge und seine Fährlichkeiten einige unverbindliche Worte tauschend gelangte er mit der Fremden ins Vestibül. Sie hatte ein Neigen des Kopfes, das züchtig schien, sich aber bei näherem Zusehen als die Gespanntheit einer Wildkatze entlarvte. Robert dachte an die Scheue aus der Pause. Wo? Aber das Bild verwischte sich traumhaft.

*　*

Kaum daß er's merkte, war er mit Sonia, wie Brocken ward der Name hingeworfen, schon ein Stück Straße hinuntergeschritten. In der Wärme einer Kakaostube ihre Glieder fühlend blickten sie sich einander an. Sein verzerrtes, in Bitternis spitz nach dem Kinn hin zusammengefaltetes Gesicht löste in ihr Freude aus. Rasch durchbrach sie alle Dämme des Vorspiels, trieb ihn, kaum daß er sich wehrte, rasch aus den Positionen der Konvention, und schickte sich schon an, die Fahne ihres Lachens aufzuziehen, als sie sich plötzlich von seinem ruhigen Spott umstellt sah und vor sich eiserne Tore fühlte. Sie fauchte etwas und schob sich leise näher. Aber Robert, seine Ruhe um sich schlagend, ergötzte sich an ihrer animalischen List. Ließ seine Hand in ihrem Atem wie in einem Bad. Plötzlich aber griff er Sonia am Arm, dicht unter die Achsel und riß sie an sich. Sie knickte mit einem kurzen Freudenlaut zusammen, so daß der Malayenboy an den surrenden Teemaschinen diskret fortsah. Die halb geöffneten Augen demütigten sich in Ergebung. In Robert jedoch brachen die Sinne, halbverhungerte, struppige Tiere, aus ihren vermorschten

Fesseln. Die Kontrolluhren seiner Gleichgültigkeit blieben mit einem Ruck stehen. Vulkanisch quoll Dampf in ihm auf und legte sich graurot über alles Geschehen.

* *

Die Stube brütete warm wie ein Raubtierkäfig. Robert lag gestreckt auf die Chaiselongue und blickte zum Fenster hinaus. Gewißheit tropften die Sterne. Unabänderlichkeit. Die Nacht tönte. Die Höfe schollen vom Atem der Schläfer wie riesige Trompeten. Lauschend bog er den Kopf vor. Da — weit hinten stieg ein Schrei auf. Anschwellend. Wachsend. Als ob jemand geschlachtet würde. Stieg. Und stieg. Robert warf sich ein Kissen über das Gesicht. Er hörte, wie der Schrei sich abstieß von der Erde und flog. Herflog. Europa schrie. Ein Verwundeter schrie. Nun hatte der Schrei sich in Wolken eingenistet, Sturm blies ihn auf, jetzt war er über der Stadt. Breit wie ein Mantel überdeckte er sie. Senkte sich. Zerfetzt floß ein Kreischen heraus. Sausend stürzte er in den Häuserschacht, rannte sich steil an den Wänden und spie zerrissen sein Echo wieder empor. Die Fenster bogen sich unter dem Anprall. „Peter! Was willst du?! Ich schieße ja schon!" Robert flog aus den Decken. Sein Körper leuchtete zitternd im Dunkel. Stumm lächelten die Hausgiebel mit den fehlen Bodenluken. Sonia, gestört, fiel im Traum, und bog schleifend den Fuß in einer Deckenfalte. Dann erwachte sie, sah Robert starr gegen das Fenster gerichtet, und weich mit den Linien des Lagers verschmolzen bot sie sich ihm an. Aber er wich in die tiefen Schatten der Stube. Nur einen Augenblick sah sie eine zusammengehämmerte Faust, von Adern hügelig überflossen. Angst pfiff ihr in der Kehle. Leise tappte sie nach der Tür, die Fußsohlen behutsam vorschiebend. Wie Büsche auf dunkler Landstraße, hinter denen Wegelagerer hocken, drohten die lichtlosen Ecken. Jemand knirschte mit den Zähnen. Wer? Robert? Oder ein phantastisches Ungeheuer, das in seinem Versteck riesenhaft sie überwuchs?! Jetzt galt es, einen Mondstreif zu passieren. Sonia zauderte. Schon erglänzten die Nägel ihrer Zehen. Milch puderte sich um die Knöchel. Dann stand sie gereckt in der Helle. Verstand, sich an dem glasigen Feuer ihrer Haut entzündend, weckte sie auf. Hoch warf sie die Arme. Dehnte sich satt und schlank, sich selber fühlend im Licht, das wie ein Schuppenpanzer sie sichernd umschmiegte. Dann sprang sie, aufgescheucht vom dumpfen Niederbruch eines Körpers, in einem Satz aus dem Zimmer.

* *

In den nächsten Tagen gebar sich in Robert eine Unruhe, von der er nicht recht wußte, wo sie entsproß. Pochte der Briefträger an den Flurtüren der niederen Stockwerke, flog schon Robert, Sinnlosigkeit dieses Entschlusses verzweifelt erfassend, zum Flur. Langsam stieg dann das Stoppelgesicht des Postboten aus der Versenkung der dritten Etage und schwenkte in verwunderter Verachtung hinauf zum Dachgang, um auf der anderen Seite des Hauses endlos die Stiegen hinabzuklopfen. Kann sie mir schreiben? grübelte Robert im Dunkeln, die Zwecklosigkeit dieser Frage bitter im Munde spürend. Wer denn überhaupt?! Wer, zum Kuckuck?! Er bekam das Gesicht nicht zusammen. Hinter seinen Augen fühlte er Schmerz. Ausgerodet lag ein kleiner Platz im Hirn. Winzige rote Feuerkugel, scharf zusammengeballt, kohlte der Blick der Fremden und riß mit zündenden Rändern alle Fasern in seinen knisternden Kreis. Durch die Stube gegen die Tür stürzend dröhnte Robert gegen das Holz. Das Gesicht! Ich habe das Gesicht verloren. Mir ist wie jenem Mann, den am Nordpol einer traf, als grunzenden Gesellen, ein halbes Schwein, das kaum essen konnte. Der hörte das Wort „light". Sein vereistes Gesicht brach plötzlich von innen zusammen. „Light?" In ihm sagte etwas Ja! auf light. Was, was? So wie wenn der Pelz am kalten Abend um die Brust einen Ring von Wärme lagert, in dem man in Schlaf fällt. Light? Gesicht! In Robert stiegen Schreie wie Notsignale eines Schiffes, verirrt in der Wasserwüste. Abgetrieben von der Küste der Erinnerung blieb ihm nichts übrig, als zu beten. Zwischen ausgelaufenem Heringskopf vom Abendbrot und fettiger Zeitung faltete er die Hände. Den Mund schon öffnend fiel ihm die Bibel ein. Ruth! Und mit suchenden Augen raste er in die Kapitel, bis die Seiten des Buches ihm über das Haupt aufwuchsen wie zwei riesige weiße Flügel, in deren Schlag er mit müde gehetzten Zügen versank.

7/17

* *

Unterdessen begann der Winter. Auf Roberts kleinem Balkon polsterten sich Gitterstäbe und Borde mit einem harten Weiß. In den Gebirgen und Ebenen rings um das Land nahm der Krieg seinen Fortgang. Nur erstickten dumpfer die Kanonenschläge in der Schneeluft, schwächer klang der Todesruf derer, die in den flockenweichen Abhängen letzter Spannung Grauen erfuhren. Hiobsposten wechselten mit Freudenbotschaften. Schamlosigkeit aller Gier wuchs täglich. Die Löhne stiegen, aber das Geld fiel. Verbissen trug man Armut unter nicht geglaubten Phrasen. Robert mußte kleinlichste Berechnungen anstellen, wollte er nicht schlankweg verhungern. Er erduldete alle Demütigungen der Volksküchen, wo man ob des reinen Kragens, den er hatte — mußte doch Repräsentation in der Bank kärglicher Mahlzeiten ungefühlter Ausgleich sein —, von ihm abrückte und sich schweißigem Halstuch verband. Eines Tages krochen auf seine linken Finger runde grüne Fleckchen mit gelbem hautspaltendem Einkreis. Kälte sengte die Hand. Das ausgerenkte Eisenmaul des Ofens bleckte leer und von Frost umwittert. Seinen Mantel und Decken über sich werfend, floh er ins Bett. Lag da, bis ihn morgenlicher, früher Wind in den Hauskaminen zur Arbeit jagte. Lag da und spürte die Öde der getünchten Decke wie Körper. Nur unbestimmtes Gefühl einer Hoffnung, die irgendwoher in blumenden Gewändern sich ihm erfüllen sollte, keimte leise und heftig. Das Erlebnis jenes fremden Blickes, langsam in den steigenden Eisschatten der Kälte und des Hungers erfroren, quälte ihn kaum noch mit suchenden Stacheln. Nur ein Warten blühte in ihm. Es nicht begreifend, atmete er auf, glaubte er es durch Genuß eines ergatterten Wurststücks betäubt. Aber dann überfiel es ihn wieder. Seine Träume wurden bunt. In Biedermeiergärten schritt er einher. Mußte Spitzwegszenen stellen und Walsersche Gespräche führen. Unerhört farbig betupfte Landschaften waren zu durchschreiten. Hinten brach ein Himmel in schießenden Strahlen ein. Dahin mußte er rennen. Es erwartete ihn dort wer. Die von kugelig dickköpfigen Bäumen bestandene, mit hellem Kiesschotter besäte Chaussee begann wie im Film an ihm vorüberzuschwirren. Wo hatte er schon einmal in solchem Wirbel gestanden?! Erinnerung schrie in ihm auf! Die Wolken schienen in feurigen Bändern zu lodern. Er flog. Musik ritt im Winde mit ihm. Gelüfteter, frierender Arm weckte ihn. Süße, ungeahnte, in sich spürend, schwangen seine Schritte in den nächsten Stunden. Dann wischten Keifen der Portierfrauen, übelschmeckender Kaffee und der bedrückte Lärm unwilliger Frühaufsteher das Bild schmutzig. Saß er später wieder vor grüngefriestem Tisch und dem Tanz der Zahlen, konnte es geschehen, daß er krampfhaft gegen die Brust tastend einen Laut aus sich grub, der wie zerrissener Jubel sich hob. So fremd klang er ihm, daß Robert selbst freundwillig und beglückt ihm lauschte, bis er sank und wie ein Bumerang rückkehrend mit vollem Weh auf ihn niederbrach.

* *

Eine Kolonne Soldaten trappte in schwerstiefeligem Marsch zum Bahnhof. Längst gewohnt, die abschiednehmenden Blicke Ausziehender ohne Scheu und Reue zu ertragen, bliesen Passanten die Winterluft mit dicken Backen und strudelten sich in den Dampfwölkchen weiter. Vor Robert mußte ein Herr im Pelz, kleine blonde Büschel in den Ohren, plötzlich im Takt mitlaufen. Das linke, auswärts gekrümmte Bein kam nur mühsam nach vorn. Hatte die Soldaten Beachtungslosigkeit geschmerzt, so erregte sie dies forsche Mitkrabbeln des Pelzträgers. Vom Takt gehemmt, wagte jedoch keiner Ausbruch. Robert sah den nickenden Zylinderturm, roch eben peinlich vollendete Frisur. Was hatte sich der mit den trübem Tode verlosten Menschen zu identifizieren? Ein grauhaariger Rekrut, in weiter Samthose schwimmend, stieß einen anderen an. Machte ihn aufmerksam auf den fetten Faun, der gutes Frühstück im anmutig geschwellten Leib Sympathie erweisend mitlief. Finsteren Blicken erwies der freundliches Lächeln. Fühlte schon ahnungslos nach der Zigarrentasche im Rock. Trippelnd legte er sich eine Rede zurecht, denn gestürzter Omnibus an nächster Straßenkreuzung versprach Stauung. „Na, mein Lieber, noch was Rauchbares vorher?" Der Soldat schob ablehnend seinen platten Daumen unter den Tornisterriemen. Grimmig, leise, inbrünstig: „Vorher? Vor was?!" Doch schon ging er weiter. Kommt kein Blitz? flehte Robert. Mit einem Mal sah er Peter. Er erbebte. Peter schritt vor dem Dicken. Weißlich-rot schleppte ihm etwas aus dem Koller. Wie bleiche Selcherwürstel. Das Vieh trat immerzu darauf und pfiff. Ganz deutlich klang es: „— und dann die Herren Leutnants." Unverbindlich wippten die Lackschuhe. Wie einen Zweihänder fühlte Robert seinen Arm emporgeschleudert, stieß in Wolken und brannte nieder damit, Eisen in den apoplektischen, hüpfenden Nackenwulst. Er schloß die Augen. In ihm heulte ein Tier. Als er sie wieder öffnete, waren die Personen der Szene schon in weite Ferne gerückt. Der Schlag, ungeführt, verdonnerte in Ohr und Herz. Über die geballte Hand floß Blut einer geplatzten Ader. Sperlinge zwitscherten durch die Stille der Straße.

* *

Robert trat in einen kleinen Buchladen, dessen viereckig mit freundlichen weißen Leisten eingerahmte Auslage kennerischem Beschauer ein ergötzliches Durcheinander bot. In engem Raum standen dicht auf schmalen Borden, farbige Tapeten zum Hintergrund, eine Unzahl erlesener Werke. Verwirrt über die Anfrage nach seinem Begehr, die ein schöngescheiteltes Mädchen mit leichter Verneigung an ihn richtete, stammelte er etwas von „aussuchen". Sonderbare Kunden gewöhnt, ließ sie ihn stehen. Die zarten und wuchtigen Titel auf den bunt gemengten Bücherrücken redeten Robert längst verhallte Sprache. Er las sie in leisem Rausch wie jemand, den heimischer Marktplatz nach langen Jahren mit vertrauten Schildern grüßt. In grüne Leinwand gebunden lag vor ihm ein Werk von quadratischem Format, mit zierlichen Goldleisten geschmückt. Er schlug es auf: Strindbergsche Märchen. Gerade in das vom versunkenen Klavier geriet er. Bei einer Feier hatte es die Bertens vorgetragen. Wann war denn das gewesen? Unendlich lange schien es ihm. Hoher Saal verschwamm, riesiger Orgelpfeifen Wand rundete nach hinten das Bild. Oder hatte er das alles nur geträumt? Aufblickend und die Gestelle abgleitend las er mechanisch: Hauptmann, Eichendorff, Mann, Goethe, Heine, Lucka und andere Namen. Merkwürdig, war er gestern nicht in den „Gespenstern" gewesen? Warum nur die Erinnerung so schwankte! Nun wußte er auch schon nicht mehr, wer die Regine gespielt. Und dann hatte er des Nachts geträumt. Wirres Zeug. Von einem Krieg, einem gelben Holzstuhl in einer Bank, auf dem er tagelang gesessen, einem Blick, — den ihm wer zugeworfen? — Cornelia? — Richtig, er mußte ihr ja noch einen Busch Tulpen schicken. „Also, ich nehme diesen Band hier." „Bitte schön, mein Herr. Macht achtzehn Mark bitte." Das schäbige Portemonnaie mit den zwei schmutzigen Markscheinen und der zerknitterten Volksküchenquittung setzte Roberts schweifenden Gedanken mit hartem Ruck ein Ziel. Hilflos, die Unterlippe vorschiebend, auf der ein schiefes Lächeln verlegen irrlichterierte, tauchte er flehend, ihm die Worte zu ersparen, in der Verkäuferin korrekt gewordenen Blick. Der umwachte seine Hände, die, äußeren Zwang noch nicht empfindend, gierig und krampfhaft das Buch umklammerten. Da kamen aus einem Nebenraum zwei Stimmen, sich verabschiedend und begleitend, rasch näher. An der Verbeugung des grauköpfigen Ladeninhabers lavierte, mit kleinen Stößen der Hüfte die beladenen Tische meidend, ein junges Mädchen herein, von mattfarbigem Florentiner das Gesicht überschattet. Der Laden hatte plötzlich keine Decke mehr. Zwischen den Büchern brachen Fliedersträucher auf. Unaufhörlich stürzten italisches Blau und schwellende Flötenrufe durch die offene Decke. Robert fühlte, jetzt mußten draußen auf den Häusern die Fahnen hochgehen. „Die Fremde ist da! Erlösung! Die Fremde ist da!" brausten Chöre in ihm. Frommes Gebet sandte milden Weihrauch empor, der die Augen feucht beizte. Zwei Schritte nach vorn, das Buch fiel. Wie sanft abfahrendes Dampfschiff entglitt der Raum nach rückwärts. Hinter ihm lag schon die Tür.

* *

Die Fremde, halb zu ihm gewandt, lächelte in einer scheuen Vertrautheit. Bog den Kopf ab, als er sie ansprach, wich jedoch nicht vom Wege. In dem Handdruck, den sie ihm bot, floß tiefes Erkennen. Zwei grüßten sich, die Leere verronnener Monate wie einen Leichnam zwischen sich liegen sahen. In gleicher Senkung hob sich über ihn hinweg ihr Schritt die Straße hinauf und schlug den frühlingskalten Asphalt in halblautem Gleichklang. Gespräch sprudelte aus Robert, klar und wild, wie Quelle aus längst versiegtem Gestein. Hilde Sintram, lang und kühn ausschreitend, hörte nur. Ab und zu löste sich in ihr ein Ausruf und flog munter dazwischen. Aus mystischer Nacht wieder Land schauend, tastendem Gefühl lange geahnten Halt gebend, freute sie sich harmlos des Wiedergefundenen. Damals in Sehnsuchtsstarre in die Säule des Korridors geschmolzen war er ihr wie ihr versteinter Wille erschienen, den rätselhaft wer aus ihr herausgestellt hatte. Über von sorgsamen Eltern sacht gebildete Lebensform, unaufdringlich von geeigneter Umgebung angewandten Zwang, Uniform der durch Geburt erworbenen Klasse zu tragen, über den von dumpfen Jahrhunderten rastlos und egoistisch eingehämmerten Frauentrotz absoluten Auflehnens von vornherein, ja über die instinktsichere Ablehnung der etwas gefransten Manteltasche flutete in Wogen das Vergessen. Hilde Sintram schwamm auf seinem Ozean, die Dunkelheit im Rücken, und Roberts Jubellied fuhr in den Lüften mit ihr. Er ging, ausgeweitet den Rücken, in ungewissem Erstaunen, seinen Körper so leicht und schwingend zu fühlen. Als sie sich trennten, lud Hilde Sintram ihn zu Gast.

* *

Losgelöst von jeder Einsamkeit wucherte bis zu jenem Tage Robert über die Ränder seines Wesens wie jäh erwärmter Kressesamen. In seiner Rockärmel glattpolierten Aufschlägen sah er mit blamabler Leichtfertigkeit die Sonnenreflexe sich überspielen. Das Neue eines Menschen um sich gewahrend senkte er querköpfige Erinnerung in Gruft. Sein Lächeln begann den Modergeruch zu verlieren. Zahnbürste am Waschtisch früh ward neues, seltsames Instrument. Die angefaulte Hundetöle an der Bodentreppe, schnappend sonst und die Verachtung des Vorübergehenden bleckend abweisend, ringelte mühsam den Schwanz über zusammengesparte Wurstpellen. Nur leise, fernsten Horizont umfahrend, segelte Gedanke einer Katastrophe auf. Ein Klirren in ihm, ein Kratzen, riß sich vorsichtig durch alle befreienden Rücksichtslosigkeiten, die sich drängend zum Riesenwall in ihm türmten. In den Nächten, wenn der Mond schief gegen das Haus stand und die Wasserflaschen unter seiner Berührung verhalten zu singen begannen, brach manchmal aus der eisern zusammengehaltenen Gedankenschar einer aus und versuchte, die neuerrichteten Bastionen zu inspizieren. Aber da hockten die fremden Wachen der Hilde Sintram, deckten mit ihren Mänteln vermorschtes Geschütz und geleimte Brustwehr und stürzten die Mondwandelnden durch beherzten Anruf in die Tiefe. Stets frischer floß der Morgen herein. Und in Regeln fand schon Robert Sinn, noch ehe stärkere Proben abgelegt waren.

* *

Halb fertig gebaut, mit gipsbesudelten Gerüsten auf einer Seite trostlos aufgezäumt, dämmerte der kleine Vorortbahnhof vor sich hin. Sich vorstellend, weit ab, irgendwo in einem fremden Land zu sein, kam er schon nur in einen anderen Stadtteil, schlenderte Robert auch hier langsam und neugierig stürmisch nah gewünschtem Ziele zu. Spielend schob er es in scheinbare Ferne und betrachtete Photographenkästen und kümmerliche Rabatten der Vorgärtchen mit Erstaunen. Ein paar alte Bäume schliefen sich in den Nachmittag. Zwischen den holprigen Steinen des Dammes trollte ein Hund dem Bahndamm zu, kräftigen Pfeifens des Besitzers nicht achtend. Plötzlich brach die von niedrigen Häuschen unscharf flankierte, kleinstädtische Straße auf einen Platz aus, in dessen Mitte zwischen wohlgepflegten Büschen eine Kirche sich kühl dem Spaziergänger entgegenwarf. Abwehrend, hinter dichtem Baumbestand lugten einiger vornehmer Villen Kalkputznasen rings um das große, ovale Rondell auf den Fremden. Auf schmalem Schild zeilte sich ebenmäßig und unverschnörkelt der Name Sintram. Schon die Hand zur Glocke erhebend ließ Robert sie plötzlich wieder sinken. In der Kirche schwoll ein Choral und drang durch die mattglimmenden Scheiben. Hingegeben traurigem Gesang schienen die Worte im Munde der Sänger süß sich zu färben. Dann rauschte Orgelton auf, gewaltiger Konfession voll:

> Mors stupebit et natura,
> Cum resurget creatura,
> Iudicanti responsura.
> Liber scriptus proferetur,
> In quo totum continetur,

Unde mundus iudicetur.

Robert schüttelte den Kopf. Fenster, seidig Lampe verhüllend, glaste vor ihm wie Leuchtturm. Daß die Hosen weit über die Knöchel sich hoben, reckte er sich. Frei! Frei werden! Fiedelte ein Lied sich durch das Hirn: „— traben hin durch helle Lande." Schon schnaubten ungesattelte Rosse apulische Ebene hinauf. Stand da ein Schatten am Baum! Uniform, zerschlissene, flatterte wieder in Regenluft, gelbverschlungenes A auf der Achselklappe?! Bange flüsterte Robert: „Laß mich gehen, Peter. Für dich, du laß mich weiter!" Ein Lachen schüttelte ihn. Ein fremder Soldat, aus dem Schatten unwillig gelöst, strolchte mit einem Mädel davon. Umwendend, die Rechte mit allen zuckenden Fingern bis in die Spitzen fühlend, ein unerhörtes Kraftwort hell mit seinen gesunden Zähnen zerkrachend, zog er kurz zweimal hintereinander. Schwirrend jagte das Läuten vor ihm her. Das Haus wich vor ihm in sich zurück. Wärme riß ihn hinein. Riesig schien sich wie eine ewige Wand hinter ihm die Türe zu wölben.

* *

Einige Köpfe verschwammen. Im Halbbogen hoben und senkten sich von den Stühlen vornehm und ruhig der Vater Hildes und vorgestellte Bekannte in Verbeugung. Erwartung umfloß Robert. Er fühlte, wie mit ihm etwas Fremdes, Feindliches in diesen Kreis trat, als hätte er einen Fetzen rauhe Luft von der Straße mit hereingebracht. Doch ließ er sich in die ihm neue Behaglichkeit, die nicht dumpf war und Haltung hatte, wohlig fallen und reihte sich ohne Umstände ins Gespräch. Obwohl er merkte, wie seine Worte gleich kantigen Steinen die feinen, in nervöser Zurückhaltung spinnedünn geknüpften Netze dieser Unterhaltung zerrissen und schwer zu Boden fielen. Niemand hob sie auf. Hilde kauerte in mutwilliger Hingerissenheit halb auf ihrem Stuhl und ermutigte ihn kaum. Neben ihr eine Cousine, tief in die Schläfen schwarzes und künstlich gewelltes Haar gebuscht, musterte Robert, ohne sich, es gern zu tun willens, zu seiner völligen Ablehnung entschließen zu können. Das Gespräch rollte in langlinigen, ausgeglichenen Wellen um die Tanzkunst einer Dänin, die die Stadt seit einiger Zeit zu lebhaften Anmutsstudien aufreizte. Robert versuchte, einige Worte zu sagen, um nicht ganz teilnahmslos zu erscheinen; aber von grenzenloser, sachlicher Unwissenheit in den behandelten Dingen mußte er sich mit einigem Kopfnicken begnügen. Als Hildes Vater zu sprechen begann, schwiegen alle. Leicht blauten sich die Adern an der kühn aus kurzen, weißen Haarflocken herausspringenden Stirn und die Worte, inhaltlich von einem klugen Sinn beflügelt, ohne auf den Kern der Sache Wert zu legen, fielen autoritär und Verständnis unbedingt fordernd. Aus seinem Sessel, wie mit ihm verwachsen, stieg der elastische Körper, leicht vorgeneigt, überredete die Handbewegung, in ihrer gelinden Krümmung Kultur und jahrhundertelange Übung einer Kaste undemütig verratend. Vom halblaut tönenden Munde streifte Roberts Blick tiefer zu dem adligen, von keiner Greisenfalte zerfurchten Halse, dem tadellosen Kragen und gedeckten Seidenschlips bis zu den weichen Wildlederstiefeln, deren warmer Glanz von sorgfältiger Behandlung mit allerhand kostbaren Fetten zeugte. Robert sah auf seine Schuhe, deren linker an der Ballennaht einen gefährlichen Riß aufwies. Aber vor dem ersten! War doch sowieso die Wäsche noch nicht bezahlt. Und teuer waren die Schuhmacher, teuer! Auch stand kein Ende des Krieges und damit frischer Häuteimport bevor. Freilich die Reichen, die Kapitalisten, die zusammen mit zünftigen Militärs die Regie des großen Mordens übernommen hatten, sie konnten der knappen Tage achselzuckend gedenken. Robert hatte plötzlich das Gefühl, als röche er nach Fusel. Säße an bierverschwemmtem Holztische mit Zimmerleuten, die eifrig vor Zuhören die schmierigen Daumen drehten, während auf der Tribüne des dunstverschlagenen Saales der Abgeordnete „Sandmeyer gellende Tiraden über die Erregten peitschte: . . . und nicht genug, daß in fremden Ländern seit Jahren Körper unserer liebsten Menschen faulen müssen, nein, auch hier, vor den Augen der Bourgeoisie, unseres schlimmsten Feindes, krepieren unsere Kinder und Mütter, die der Hunger zerfrißt. Sie sitzt freilich in dem behaglichen Gemach, wo der Kamin glüht, aber ihr seid gezwungen, durch Dreck und Regen zu latschen mit zerrissenen Stiefeln . . ." „. . . also," schloß Herr Sintram und trocknete die feucht gewordene Lippe mit einem blütenweißen Tuch, „also ist meines Dafürhaltens der Tanz, so er den, durch Grazie und Sitte bestimmten Rhythmus verliert und bacchantisch, sagen wir salomeisch zu werden beginnt, kein Tanz mehr, sondern nur eine Ausgeburt, der das Unbeherrschte, niedrige Temperament des ihn Exekutierenden verrät und mithin geschmacklos zu nennen ist." Über die, für sein geistiges Niveau beschämende Ideenassoziation im klaren, konnte doch Robert es nicht hindern, daß plötzlich sein Mund haßte und sprach, hart, lauter als nötig, die Worte an den Eckzähnen zerreibend. „Das glaube ich nicht, Herr Sintram. Tanz ist ein Suchen. Aus den gewöhnlichen Lagen sind die Glieder gelöst, wollen sich nicht mehr fügen schematischem Bau. Neuer Vollendung entgegen streben sie. Musik löst das Hirn der Tänzerin in Klänge. Es schwindet die Erde. Wollüstig und süß befällt Rhythmus die Glieder. Aufzucken sie. Die Arme schießen in die Weiten. Sterne umleuchten schon nah die Fingerspitzen. Neue Gefühle wölben die Brüste. Sanft überstreicheln sie Welten von Brausen und lassen sie weich in sausende Luft vergehen. Fahne, mähnig, kämmt hoch das Haar, stählern und geschmeidig, siegende Wimpel. Nun lüftet der Fuß sich, rascher schlägt er die Flanke, will sich vereinen mit den anderen Gliedern, die wild in die neue Freiheit hinausjubeln. Ja, das sahen die Schauer noch nicht. Weit gaffen die Augen. Strahl um Strahl entschießt sehnsüchtige Begierde. Weißglut in der Berührung peitscht sich die Schäumende zu höherer Vollendung. Chaotisch stürzt in ihr das Bewußtsein in Trümmer. Hic salta! Wo ist der neue Mensch? Gewinne dich ab dem flammenden Kosmos, das du in Brand setzest. Auftreibt noch einmal schwer die Erde, will Lende fassen und Hüfte. Aber schamlos überrast reißen die Ketten und sie entdonnert kraftlos. Die Blicke biegen sich ab, stumpf, entglänzen dann heller nach innen. Nebel steigen. Ruhiger türmt sich der Tanz. Krampf sinkt. Über gefundenen Eilanden wiegt sich harmonisch der Körper. Schaukeln ungekannt Länder heran. Paradiese enttauchen besonnt und leise stampfend besingt ein neues Weltall die Befreiung. So —" Das Wort brach Robert am Munde, als die wachsende Befremdung rings durch seinen Rock dringend eiskalt ans Herz stieß. Herr Sintram, eine sehr höfliche Verachtung im Lächeln und eine Erwiderung für überflüssig haltend, machte darauf aufmerksam, daß ein guter und bei dem naßkalten Wetter wohl besonders willkommener Tee angerichtet sei. Gab er jedoch während des Gesprächs Robert gastlich Gelegenheit, seine Rede durch kluge Bemerkungen zu annullieren, blieb der verstummt und fühlte die braune, warme Holzverschalung der Wände, Geplauder über Scheurichs Plastikenversuche und die tadellose Haltung des Dieners wie Herausforderung. Hier war er Feind, den man bei Waffenstillstand höflich bewirtet, aber man ahnte in ihm Gehässiges, Bedrohliches. Hilde blieb tief über ihre Tasse gebeugt. Einmal, als er ihrem Vater widersprach, ohne ehrlich der geäußerten Meinung zu sein, nur um sich aufzustemmen, unterstrich sie ihn mit einem: das glaube ich auch. Ihre etwas sich kräuselnden Schläfenhaare glühten im Widerschein ihrer Haut. „Hilde — du — wo bist du?" Ein toller Schmerz, der ihn zersägte, trieb Robert zu frühem Aufbruch. Hilde begleitete ihn. Schon schritt er schweigend, geschlagen, im Rückzug noch zusammengeschossen, die kurze Steintreppe hinab, da fragte sie: „Wir wollen übermorgen reiten, ja? Holen Sie mich ab. Um elf Uhr." Tief, um ihre Hand zu küssen, beugte er sich; aber die hastig fortgerissene traf er nicht, so daß er beinahe gestürzt wäre. Die Luft kroch ihm kalt zwischen Kragen und Haut. Wie eine alte, verwunschene Burg fiel Hilde Sintrams Haus hinter ihm in den schwarzen Abend zurück. Unwillig knarrend grinste die Gittertür. Revolten zogen mit flatternden Bannern in ihm auf. Scharen von Gedanken, blutrot behelmt, folgten ihnen. Die orangenen Vorhänge schwellten sich voll milden Lichts wie zuvor. „Ihr! Ihr! Ihr erdrosselt und knebelt. Streicht das Rohe und Wilde ab wie Schmutz. staunend, daß es bis zu euch spritzte. O du Gebärde, du Mund, der noch den Widerspruch als zu viel stummend in sich steift. Aber ihr schickt Besoldete. Unterwürfige Knüppelgarde drischt uns zu Boden! Wen habt ihr nicht gekauft? Wen nicht? Bleibt uns als Kamerad der Zuhälter und der verbummelte Student, der Dichter ohne Erfolg und die Dirne, ausgepeitschte Tiere, vor denen ihr die Müllkästen eurer Herrlichkeiten verrammelt. Die anderen bezahlt ihr. Laßt sie zeugen für euch und laßt sie gebären für euch, steckt sie in Uniformen und treibt sie gegen brüllende Batterien, die armen Köpfe mit Gebeten, mit perfiden Begriffen für eure Sicherheit zurechtgeschrotet." Robert erschrak so, daß seine Beine ihm fast unterm Leibe weggebrochen wären. Trieb die Nacht diese Blasen in ihm, die nach Kneipendunst stanken. Er schüttelte sich. Ekel vor ihm selbst würgte ihn. Gewölk senkte sich. Scharfrandig kantete sich klarer Äther über ihm hinauf. Singend und ruhig zog der Gedanke Hilde seine Bahn. „Verzeihe." Kratzend kam die Mauer durch den dünnen, schon abgetragenen Hosenstoff. Müde lehnte Robert gegen sie. Er sah zwei schwach zusammengewachsene Brauenbogen in ernstem Forschen vor sich. Die Luft mit zitternden Händen formend, streichelte er den sich in die heiße Handfläche schmiegenden Wind. „Verzeih! Verzeihe!"

* *

Sie hatten beschlossen, statt des Rittes zu wandern. Nun streunten sie durch den Wald. Hilde führte. Warf sich mit dem ganzen Körper in die jungen Pflanzungen. Verhalten in Wollust fing sie in geschmeidigen Biegungen die zurückpeitschenden Zweige auf. Oft sah es, hob sie den Fuß auf, aus, als schösse sie damit aus der Erde, und das gleiche Zucken war in den Haken wie im Halse. Robert folgte mühsamer, des verletzten Fußes Widerstand in hingerissenem Zusammenbeißen überwindend. Manchmal klatschten ihm die Büsche über der Stirn zusammen, und es striemte blendend auf, aber wie angeseilt trat er fast genau in Hildes Spur. Sie sprach kein Wort. Als ob sie flüchte, schien es zuletzt, denn rief er sie an, streckte sie wie in ängstlicher Abwehr die Hände vor, und scheu prallte ein Blick an ihm vorbei in den Boden. Allmählich wurde das Laufen zur Jagd. Über welliges Terrain stürzten sie, strauchelten, verfingen sich in einer Schonung, Heere von Brennesseln warfen sich ihnen entgegen, gefällte Baumstämme glotzten höhnisch, und ab und zu flog in ihres Atems sommerliches Keuchen scharf und schneidend ein Vogelruf und sauste annagelnd wie ein Pfeil durch die Hirne. Plötzlich sprang der Wald vor einem glatten, breiten See in sich zurück und umlief ihn buhlerisch mit den tastenden Fingern heller Sanddünen. Erst als ihre Schuhe in feuchtem Boden versanken, blickte Hilde auf. Die Wasserweite rauschte hoch gegen sie und erschlug ihre Augen, so daß sie sich umdrehte und dunkel und rot aufflammte vor Roberts staunendem Erstarren. Er blieb von ihr fünf Schritte. Eine Zärtlichkeit überwältigte ihn. Ohne Maßen schaute er auf Hilde, und die verborgenen Bekenntnisse blühten ihm in die Lippen, daß sein Gesicht vor deren Blut die Farbe verlor und klein wurde, spitz und demütig. Der See sank und hob sich hinter Hilde. Die fernen Küsten unterliefen silbern ihre Achseln. Sie sah den Mann, die Bäume, die Luft, die schwang und sie umwirbelte. Breit schlug sie die Arme auseinander und nagelte sich rückwärts gegen die Sonne. Von ihren Fingern zuckten die Strahlen. Von allen Seiten schoß das Begehren nach Sein in sie. Qualvoll reifte gewaltig in ihr eine Welt und stieg vom Schoß zum Herzen. Ihr Mund begann zu tönen:

„Wer kann es wagen, mich, Weib, zu umarmen? Wer ist geboren in der Tiefe des Ozeans, Koralle so verwurzelt, steigend durch die Stürme der Jahrtausende zum Licht?! Ich bin erdverklammert wie der Fels, luftgelöst wie die Wolke, heiß wie die Mainacht zwischen Liebenden, kühl wie die Angst, die den Henker umsteht.

Wer kann es wagen, mich, Weib, zu umarmen? Wilde Fahne umbraust mich mein tödliches Haar, liebliches Lied umsäumt es die Gipfel meiner Brauen. Sturm zischt mein Odem, streichelt die Wunden und heilt die Kranken. Scharen stampft mein Fuß aus der Erde, Scharen streicht meine Hand von der Tafel des Lebens. Beugten sich viele über die Narbe am Gelenk. Zackig droht sie und verspritzt sich böse in Haut. Aber zwischen Kuß und Schauen stand die Furcht. Denn wenn ich bin, bin nur ich, und es verdonnert die Welt fernab ins Leere!

Ich bin ins All geworfen. Riesiger Schatten, der von mir fällt, verdeckt es. Ich bin über den Himmel gespannt. Bin Himmel. Wer in mich eingeht, dem verrauschen die Stunden, verrast die Zeit. Er verhungert in dem Sturz meiner Pracht.

Wer kann es wagen, mich, Weib, zu umarmen? Ich bin das Meer und das Gebirge, der Tag und die Nacht. Ich zerbreche und segne, ich erhebe und verfluche. Ich, ja, Göttin, die Blitze aufgebündelt in süßgespannter Faust, ja, ich verfluche. Niemand komme, mir Schmerzen zu klagen, niemand komme, mir Freuden zu sagen, niemand komme, mit mir zu teilen, niemand komme, behaglich zu weilen; niemand flehe, niemand bete. Nur da sei er. Ganz! Ganz! Wie ihn die Mutter erschuf.

13/17

Wer kann es wagen, mich, Weib, zu umarmen? Nur, wer kommt ohne Reue und Last, ohne Blick zur Seite und Fragen. Nur, wen die Sehnsucht gegen mich aufbrennen läßt, daß er Eltern und Erde, Erbe und Enkel verlachend vergißt und taumelnd und groß, glühend die Schläfe und die Gedanken, sich neben mich in den Horizont stellt, nur dem beuge ich meine Lippen entgegen. Denn ich bin die Erde, ich bin das Erbe, ich bin das lohende All, der liebende Gott, dem nur ein Reiner ins Antlitz sieht. Nur einer, der ganz ist. Ganz, wie ihn die Mutter erschuf! Der aber das nicht ist, der wird Schmerz und Asche. Schlacke der Zeit stickt ihm die Kehle. Tief stürzt er den Sturz, jahrelang, bis er im Abwärtssausen verweht!"

Schlag um Schlag hatten Hildes Worte den Tag, der wie ein orgeldurchströmter Dom über ihr und Robert stand, in Stücke gespalten. Vor Robert schien sich ein Vorhang zu senken. Eine Weile noch schimmerte das Licht von Hildes hellem Kleide hindurch. Dann lagerte er in trüben Wogen zwischen ihnen. Auf seinem Tuch aber erglänzten wie Stickereien und kindliche Symbole Bücherberge, gestürzte Lafetten, ein Menschengewimmel um Rednertribüne, schlanke Tänzerinnen, ein Reiter in einem Saatfeld kam von weitem geritten, wurde größer und hielt schäumend an, Peter, seinen Kopf in der Hand darbietend, Rauch, von Schüssen durchblitzt, wurde weiße Wolke, öffnete sich über fliederumduftetem Teetisch in Hildes Villa — oh — — —

„Ganz, wie ihn die Mutter erschuf!"

Hilde schien weitab auf einem Berg zu stehen. Blinkte etwas. Schoß wie Haß vom Boden sich ab. Auf Roberts rechtem Schuh war der Lack von einem Knopf gesprungen. Gelb grinste der Entblößte. Rüster beschien er in seiner Nachbarschaft. Und armselig der Geste und dem Wink der Armut unterlag Robert außen wie innen. Er sah nicht, wie die Muskeln Hildes erwartend sich dehnten, sich um ihn zu schließen. Zusammenzufallen, wie eine geflickte Pappe fürchtete er jeden Augenblick. Der Gaukler in ihm, geboren aus Programmen und Traktätchen, Parteien und Idealen, kümmerlich und buntscheckig, ein Scheusal, tanzte sein Menuett der Ohnmacht auf der im Keim sich schon ertötenden Tat. Unwürdig! hämmerte ein Wort in ihm. Lähmendes Gift troff es bis in die Spitzen der Finger. Und die Barriere der Nichtachtung seiner selbst querte sich teuflisch vor ihm auf und wuchs schwarz zum Ararat. Unwürdig! Unganz! Zerfressener, was kannst du wagen? „Zu dir ja zu sagen!" tönten Chöre unsichtbar über den Wellen. Proletarier! Paria! Wachsend Verwachsener! Rühre nicht an den Gottesbezirk!

Steif stand er, schwärzlich, verlegen, ein verbrannter Kreuzespfahl, unselig, in der Landschaft.

„Ewig bin ich. Ich warte. Ewig bin ich da. Ich warte auf dich!" Tanzend verlor sich Hildes Gesang und spannte sich hinter ihr wie ein Segel über den Strand.

Robert wandte sich. Unendlich langsam. Mit jedem Ruck mußte er die ganze Welt mitziehen. Aufgellend jagten ihn schließlich Gewitter vom Ort seiner Entscheidung.

* *

In der Nacht formten sich alle lungernd hingebrachten Stunden, Sorgen um Brot, Graupen und einfaches Bier, verwirrtes Augensenken vor gewaltigen Versen, rätselhafte Erschütterung im Übersturz der Musik und der sicheren Haltung des wohlgekleideten Nachbarn in der Elektrischen zu einer Wolke von Haß, die undicht kaum das Bündel Blitze in sich halten konnte. Überreizt und hell strahlte Bewußtsein auf, Erkennung seines Proletentums, von allen ausgenutzt, Brandmarkung der Geste des Rebellen, in der Ohnmacht verachtet, im Sieg noch verlächelt. Aber hervortreten wollte er wie ein Gott, Schrei von Millionen in der Kehle fühlend. Ging nicht das Beste, was der Gegner besaß, seine Frau, zu ihm über? Zweifelte sie nicht schon an der Unerschütterlichkeit ihrer Himmel, da sie an seiner Seite nicht die beschwörende Bewegung der Distance machte? Wehte nicht schon ihres Haares feindliche Fahne ihm zur Seite? Spitz über das Deckbett hinweg stieß der Mond seinen Lanzenschaft ihm zwischen die Augen. Pfui! kroch eine Antwort auf. Mütterlich drohender Sonnenschirm in einer Landschaft silberner Pappeln verwies ihm mürrisch weggestoßenen Arm, den er über eine Brücke zum sichern Geleit ergreifen sollte. Hilde vertraute. Gab es mehr als das auf der Welt? Nie war ihm seit der Versteifung im Betrieb studentischer Fatzkereien anderes als Reserve zuteil geworden. Vertrauen, köstlichstes der Betten, matte Sinne darin kühlen zu lassen. Vertrauen, einzige

14/17

Rechtfertigung, aus der Taten entspringen, Vertrauen, für mich! Für mich! Dunkle, Junge, Jungfrau, du glaubst? Glaubst, daß ein Wort von mir ehrlich, nicht im Atem, fremden zu schlucken gewohnt, verseucht, seelischem Aufbruch, klar von Verdrehung des Geistes bis zu den Lippen entrönne! Also gibt es doch irgendwo Betrug. Recht für den, der ihn richtet. Neu gebiert sich Welt in mir. Göttliche Schwinge des Menschen ruht in deinem Kopfneigen, Fremde du, Ruth, Hilde, Ährenleserin! Daß die Knie vom Sturz brannten, stürzte Robert auf den Fußboden. Eisen die Hände zusammengeschmolzen floß über sie Beten. Aber an den stammelnder werdenden Worten schlich sich etwas vorbei und kollerte aus den Zähnen. Meckerte. Willig gaben die Wände Hall. Entsetzt stopfte Robert die Zunge vor. Es steigt auf. Hi! Hilde, hilf, Hilde, du, zeuge mir Gott! Inniger spannten die Schenkel in Beugung frommes Unterworfensein. Hi — Hi — hihihihi! Hihihi! Unterirdisch barst das Lachen aus Robert. Die Stube wandelte es in ein Dröhnen. Große Pauken die Ecken trommelten es zurück. Flatternd das Hemd, den Hals aus dem losen Kragen vorgeworfen, riß es Robert in die Höhe. Mit einem Male brach es ab und über Krater und Schlacke letzten Versuchs stieg es wie Rauchgekräusel, zittrig und unsicher, um erst hinter den blutlosen Lippen brüllend aufzutoben: „Sentimentalitäten!" Und mit dem Bewußtsein im unerbittlichen, endgültigsten Zweikampf seines Lebens untergehen zu müssen, wurde er von dem Gedanken daran niedergehauen.

In sein Hirn schrieb der immer noch wache Mond vor kurzem gelesene Verse eines Bruder-Dichters:

> „Unwürdig zu Füßen dem Weib,
> Der unerstürmten Belacherin, Lebensverwüsterin,
> Heute zertrampelt von Launen,
> Scheinmorgen borgend aus gnädigen Worten
> — Liebe ersehn' ich, endlose Liebe."

* *

Und plötzlich, wie wenn ohne zu zerfallen von einer Mumie sich die Hülle löst, stieg von Robert die Kontur seines Körpers auf und dehnte sich schwach in die halbhelle Stube hinein. Allmählich gerinnend setzte sie sich auf den Bettrand. Zog die Kleider an. Robert, erst unsicher blinzelnd, fühlte, wie unter den flinken Gebärden ihm die Hose am Leibe aufwuchs, feste Stiefel sich unter hastig zuschnürenden Händen um die Fußgelenke preßten. Dann stand er auf und ging und nahm vom Garderobenhalter seinen Mantel, einen einfachen grauen Militärmantel mit der eintönigen Unteroffiziersborde. In den Straßen brannten grün und traurig die Laternen. Alle Läden waren verhangen. Der Restaurants gardinenverhüllte Riesenscheiben ließen nur die verzerrten Gebärden essender Menschen phantastisch auf und abschnellen. Der Himmel schien wie ein bleiernes Dach, in das quadratische Lichter die Sterne gerissen waren, dicht auf den Häusern zu liegen. Die Robert Entgegenkommenden glitten ohne den beruhigenden Klang des Auftretens an ihm vorüber. Manche Münder schienen in verhalltem Schreck noch aufgerissen. Ein Schlächtergeselle mit einem eisernen Kreuz und einem Holzbein lud riesige Blutstücke Fleisches auf einen Karren. Als Robert näher kam, sah er, daß es menschliche Rümpfe waren, die in den Landesfarben angestrichen und sorglich danach geschichtet waren. Unvermittelt rannte er an Peter, der mit Hilde am Arm um die Ecke bog. Robert mußte lächeln, als er Peters lackiertes Koppel sah. War der Frackmensch in dem auch im Dragonermantel noch nicht verwandelt worden? Kokett blitzte der halbschwarze Dolch an der Hüfte des Schreitenden. Hilde hielt den Kopf tief in den Pelz ihres Mantels gesenkt, als sie in den hellen Festsaal der Riesenbar traten. Weiß die Tische leuchteten wie Inseln zwischen den dunkeln Anzügen der Herren. Die kühnen Reiherfedern der Damen überwippten hastig schnell vorwärts geworfene Gespräche. Zigeuner, schemenhaft mit ihren Gebärden dem steigenden Körperdunst verflossen, zogen die Laune der Tafelnden durch ihre Geigen und spritzten sie gleich schattenhaften Wolken zu Wänden und Decken. Sekundenlang flirrte das Gläserklirren, voll innigen Druckes der neigenden Hand entsprungen, erhaben wie göttliche Stimme über dem zufälligen Lärm unkontrollierter Geräusche. Robert fühlte tiefen Willen sich in sich senken und ward keck ermuntert durch ein flammendes Transparent, das quer und glühend über einen Wandfries strich: „Wer hier eintritt, wagt das Alte. Stirb' oder morde, es gilt gleich. Schon das Heute ist Verrat. Lebe, Hochverräter!" Peter beugte sich vor: „Nun bist in der „Neuen Zeit". Ein prächtiges Lokal. Zugleich Fegefeuer und Paradies." Traumhaft sicher schritt Hilde zu einem Tisch, dessen drei Gäste bei ihrem Nahen in milden Umrissen wie leichter Rauch in die vibrierende Luft eingingen. Schweigend aßen die drei. Neu wuchsen stets kleine appetitliche Berge auf den Tellern. Weinhauch von links und rechts überstürzte die Köpfe. Höher hob Hilde die lebendurchschauerte Stirn, um deren Schläfen natürliches zaushaftes Vorbauschen des Haares den Glanz der Haut zu kosendem Halbdunkel abschwächte. Von den Nebentischen stieg ruckweise Gesang. Hastiger glitten die Kellner unter seinen Peitschenhieben. Plötzlich folgten vor Roberts Antlitz alle Gebärden blitzschnell und kaleidoskopartig. Peters Gesicht verzog sich in Zuckungen. Rasender, wie unter dem Strom gewaltiger Elektrisiermaschinen, zappelten ringsum die anderen. Als es wieder abzuebben begann, saß Hilde zurückgeworfen im Stuhle, eine staubige Dornkrone im Haar, die Brauen wie Siegesbogen zu einem Ruf gewölbt. Robert beugte sich vor. „Diesmal entziehen Sie mir Ihre Hand nicht. Es ist ja nicht wirklich und wahr." Ein Strom Sekt schoß klatschend zur Decke. Eine kleine Narbe, weißlich, mit einem roten Punkt in der Mitte, zackte über gebräuntes Handgelenk. Wie Kristall schäumte hart gewordene Kruste des Schaumweins am Plafond und sammelte alles Licht über Hilde. Tauchte sie bis zum Hals in eine Gloriole „Nein! Denn es ist nicht wirklich und wahr!" Und schmal und zuckend, bis an die warme Haut Bejahung pulsend, legte sie die ringlose, schmucklose Hand einer biblischen Jungfrau in die begehrende des Mannes. „Nicht wirklich und wahr?" Peter brüllte es, stand mit einem Mal auf dem Tisch, zwischen umgestülpten Tellern und zerlaufender Sauce; Reiterstiefel, in Dreck gesudelt, Blut vom Ritt an den Sporen. „Bande! Fresser! Sauft ihr Halunken, wo uns Bajonette die Eingeweide zerschlitzen, wir Hänge voll Toter überqueren, aus Leichen Schanzen erbauen?! Weich picken die Kugeln hinein. Tanzt ihr schon über uns in die neue Zeit hinein? Bricht euch nicht der Schaum aus den Lefzen, wenn ihr pensionierten Admiralen Zustimmung heult! Wartet und seht. Denn die Rache höret nimmer auf."

Überall standen erschreckt Aufgesprungene. Die Frackhemden knackten in der Stille. Peter fiel das Haar vom Kopf. Sein Gesicht wurde grün. Rock und Kragen schrumpften zusammen. Lehmgrau kroch über den Mantel. Peter schlug ihn zurück. Er war nackt darunter. Verschmutzte Rippen ragten fast bloß. Stachen gemein heraus. Grauenhaft aber lag im Bauch ein entsetzliches Loch, eitrig umfranst, durch das langsam wie aus einer Wurstmaschine sein Eingeweide quoll. „Hier, das wird euch nicht vergessen. In eure Mahlzeiten schlage entsetzliche Erinnerung. Die Toten sind da, sind um euch, in euch. Sie kommen." Er pfiff auf den Fingern. Der Ton schwang lange in der nachfolgenden Stille. Robert hörte den Wein rings kleine Blasen treiben. Dann zerplatzte die große Scheibe, die auf die Straße führte, ein straff gespannter Seidenvorhang. Draußen stand lautlos, wie im Sprunge eine Schar Krüppel, verschlissene Militärmützen auf struppigen Schädeln. Langsam hoben die Gäste die Blicke, starr, des Kommenden bewußt. Wie ein Wetter hing die unbewegliche Wolke phantastischen Elends überm Eingang. Da ging aus ihr ein Stab hoch, dünn, mit einer roten Kuppe wie ein Streichholz. Schwellend knatterte sie auseinander, eine riesige rote Fahne. Unter ihren Schwingen brach das Ungeheuere in den Saal. Krücken fielen über weinrote Gesichter, im Schreck verklammt stickte an einem hineingestoßenen Armstumpf ein gigantischer Fresser; ein blinder Ulan hatte ein Mädchen erwischt und hielt sie am Hals. Er quietschte: „Ein süßes Tierchen. Ich hab' ein süßes Tierchen." Chaos von Schreien, Schüssen und Mord dampfte auf. Peter aber blies auf einer Kindertrompete: „Wer will unter die Soldaten?" Nach jeder Zeile wischte er sich über die Augen. Denn an der Decke der Sekt hing nun wie ein Geschwür und tropfte ihm schwarzgalliges Blut über den Totenschädel. In das Gemetzel um Robert spielte von weitem ein Ton: Denn es ist nicht wirklich und wahr. Da sah er, wie Hilde aufstand und wandelte. Er folgte ihr. Wo sie hintrat, klaffte im Tumult eine Gasse auf. Im Schwung steif gewordene Schläge, verwundetes Krümmen und gierig greifende Arme standen grotesk und unbeweglich, ein schauerlicher Wald erfrorener Flüche zu Seiten ihres Weges. Ihre Kinderschultern glitten hindurch. Auf der Straße lag im zerbrochenen

Scheibenglas ein Sternstreifen, den sie betrat. Im flüssigen Glanz stieg sie, die Füße silbern überschüttet, hinan. Leichte Luft bauschte ihr Kleid. Robert, die Lichtbahn berührend, fühlte sich entkörpert. Doch riß in ihm eine wütende Sehnsucht ihn vorwärts. Höher klomm Hilde, sicherer immer den Fuß in die Luft setzend. Eines Fabrikschornsteins dicker Kopf summte vorbei. Schon verloren die Häuser ihre Etagen und drohten dunkle plumpe Quadrate. Rückblickend sah Robert des Pfades Ende in einem kleinen Feuerkreis, überzuckt von spukhaften Strichen, verschimmern. Vor ihm aber wuchs Hilde in eine Landschaft hinein, deren brauner Sand hell unter den Tritten der Kömmlinge knirschte. Meer rauschte an unsichtbare Küsten. Buschige, saftigen Grases behangene Dünen, von buntfarbigen Zelten überragt, bauten sich auf. In milden, zart verästeten Bäumen schrieen Papageien. Ein Bär trottete heran, schweren Ganges, und rollte demütig vor Hilde zur Erde. Sie wandte sich. Aus den Dornenspitzen blühten weiße Winden und schlugen ihre Stirn mit lieblichem Mandelduft. Sie breitete Robert, ein jung geborenes Lächeln über erlöst entspanntem Kinn, die Arme entgegen. Der stieß sich von der Sternenleiter ab. Schwang sich ans Gestade des Eilandes und stand dicht vor Hilde. Sie schloß leicht die Augen und über ihrer Nasenwurzel pochte erregter das Blut durch ein glasblaues Äderchen. Zum erstenmal glaubte Robert sie wirklich zu sehen. Als ob alle Träume aus ihm getreten und Körper geworden, war sie das einzige Gefäß seiner Sehnsucht. Nun blickte sie ihn an. Die Augen brachen auf wie das erste Lächeln eines Weib gewordenen Mädchens. Gingen durch ihn hindurch, senkten sich, schmerzlich-süße Sonden, tief in seine Seele und tasteten milde über das Harte, Verkrüppelte, das dort steinig und boshaft unter dem Gerümpel ausgelebter Tage knollig wuchs. Robert fühlte, wie ein Schluchzen in ihm aufging. Rings rieselten Wasserfälle lösender Tränen. In den Ohren begannen Glocken zu läuten. Gewaltig wie eine Prozession breitete sich das Bewußtsein von Reinheit und Heiligung in ihm aus, überfloß alle Widerstände und funkelte so in seinen Augen, daß ein Leuchten auf Hilde fiel. Flammender begann die Sonne ihre Strahlen um ihren Kopf zu teilen, das Firmament donnerte innig näher, zu harmonischem, überirdischem Schrei schmolzen die frei schwingenden Lebensrufe der gefundenen Insel zusammen. In erster Gewißheit, würdig zu knien, beugte sich Robert. Da stand, von rissigen Flügeln überschattet, haßklingend, stampfend mit kreischenden Angeln im dürren Bein, Peter neben ihnen. Alles Licht stürzte in die Tiefe. Grünlich schwelte fernes Mondfeuer auf zackigem Gestein. Hilde, erloschenen Sieges, lag in zusammengebrochenem Bettel. „Nur die Toten leben, vergeßlicher Knabe." Schwarz brach's aus Peters stockfleckigem Grinsen. „Tat, die du geschworen, Tat, die in dir reifte, unser Zerschellen nicht müßig zu verlangweilen, wo bleibt sie? Gesinnung war Schwur. Lebe, Hochverräter!" Und wieder entblößte er die Wunde, ward kleiner und zerlöste sich. Nur der gräßliche Kreis des Bajonettstiches hing wie ein Signal in der Luft. Da schwoll in Robert ein Grauen vor dem Unentrinnbaren, daß er mit beiden Armen besinnungslos um sich schlagend auf den Boden fiel und fiel, fiel, fiel und deutlich verzuckend Hildes suchende Hand, fiel, die Bewegung kurz geworfenen Halses, fiel und fiel, Sausen, nur ein endlich Aufhören, Ende, und fiel — fiel...